D0560950

Première édition dans la collection
Petite bibliothèque de l'école des loisirs : janvier 2007
© 2002, l'école des loisirs, Paris
Loi numéro 49 956 du 16 juillet 1949 sur les publications
destinées à la jeunesse : septembre 1998
Dépôt légal : janvier 2016
Imprimé en Italie par CL Zanardi
ISBN 978-2-211-08601-1

Stephanie Blake

Caca boudin

Petite bibliothèque de l'école des loisirs
11, rue de Sèvres, Paris 6e

Il
était
une
fois
un lapin qui
ne savait dire
qu'UNE
chose…

Caca
boudin

Le matin,
sa maman
lui disait :
« Debout,
mon petit lapin ! »
Il répondait :
Caca
boudin

Le midi,
son papa
lui disait :
« Mange tes épinards,
mon petit lapin ! »
Il répondait :

Caca
boudin

Le soir,
sa grande sœur
lui disait :
« Viens prendre
ton bain,
mon petit lapin ! »
Il répondait :

Caca
boudin

Un jour,
un loup
lui dit :
« Je peux te manger,
mon petit lapin ? »
Il répondit :
Caca
boudin

Alors,
le loup
mangea
le petit lapin.

**Lorsque le loup
rentra
chez lui,
sa femme lui dit :
« Ça va, mon chéri ? »**

Le loup répondit :

Caca
boudin

Quelques
heures
plus tard,
le loup
ne se sentait
pas bien...
Il appela
le médecin.

Le médecin dit :
« Faites aah … »
Le loup répondit :
« Caca boudin ! »
Alors, le médecin
s'exclama :
« **Mais !**
vous avez mangé
mon petit lapin ! »

Le médecin
qui n'avait peur de
rien
alla chercher
son
petit
lapin.

Lorsque le papa lapin
retrouva son petit, il dit :
« Ah ! mon petit
Caca boudin ! »
Le petit lapin, fort surpris,
s'exclama :
« Mais enfin, cher père,
comment osez-vous
m'appeler ainsi ?
Je m'appelle
Simon,
vous le savez bien ! »

De retour à la maison,
sa maman lui dit :
« Mange ta soupe,
mon petit lapin ! »
Il répondit :
« Oh oui !
comme c'est exquis ! »
Mais le lendemain matin,
lorsque son papa lui dit :
« Brosse tes dents,
mon petit lapin »,
il répondit :

Prout !